JEAN BÉNÉDICT

PREMIER LIVRE

DES

CHANSONS - PROVERBES

LES ABSTINENTES — LES INDULGENTES

LES INNOCENTES — LES CARESSANTES

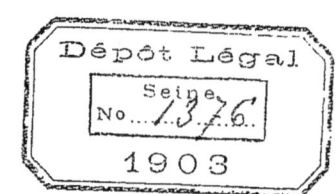
PARIS

En Dépôt chez

BÉLLON, PONSCARME & Cie

37, Boulevard Haussmann, 37

1903

PRÉFACE

A tous ceux de mes frères,
Ou poètes, ou poètasses,
Ou musiciens fin de race,
Qui barbotent dans la mélasse
           Amère
De leurs ouvrages, sans gaieté,
Ni santé, ni virilité;
      A tous les mal armés
J'offre, avec un grand pied de nez,
Ces chansons. Je les enfantai
           Dans la joie,
Fier de sentir parfois
En mes veines couler un peu de sang gaulois.

LES ABSTINENTES

I

Qui boit jusqu'à la larme aux yeux
Est vraiment le cousin de Dieu.

Il convient, sitôt le réveil,
De se ragaillardir le sang
Par quelque rôtie au vin blanc.
Ensuite de quoi je conseille,
Pour hâter la mort des bouteilles
Et pour en trouver le goût bon,
De larges tranches de jambon;
Le vin est l'ami du cochon,
Buvons!

Qui boit jusqu'à la larme aux yeux
Est vraiment le cousin de Dieu.

Or, si tu veux aller à lui,
Jusqu'au soir tu boiras au frais
A plein godet le vin cláiret.
Et puis, une fois dans ton lit,
Pour obéir au roi Davit,
Tu t'endormiras bravement
Ayant encor entre les dents
Bouteille de vin de pineau
            Sans eau !

Qui boit jusqu'à la larme aux yeux
Est vraiment le cousin de Dieu.

II

J'ai toujours préféré
La danse des mâchoires
A celle des épées.
Que d'autres, pour la gloire,
Aillent risquer leur peau ;
En cherchant la victoire
Ils trouvent le tombeau ;
Rien ne vaut
Le manger, si ce n'est le boire !

L'ennemi que j'assaille ne se défend pas,
Sur lui jamais en vain ne se lève mon bras,
Et lorsque sonne l'heure aimable de sa mort,
Je l'immole et l'enterre ignorant le remords.
Foin de la guerre ! Ceux que tente le laurier
Reviennent trop souvent chez eux estropiés.
Sait-on jamais ce qu'un maroufle vous destine
En la mêlée ? Non, non, par Monsieur St-Thomas,
    Mieux vaut voler à la cuisine
      Que voler au combat !

     J'ai toujours préféré
     La danse des mâchoires
     A celle des épées.

     Que d'autres, pour la gloire,
     Aillent risquer leur peau ;
     En cherchant la victoire
     Ils trouvent le tombeau ;
      Rien ne vaut
   Le manger, si ce n'est le boire !

III

Sus, compagnons, versez le vin,
Et gardez que boisson ne faille ;
Nous emplirons notre tripaille
Jusqu'à plus soif, jusqu'à plus faim.

Comme premiers mets il nous faut :
Anguilles, truites et barbeaux,
Sardines, aloses, dauphins,
Esturgeons, maquereaux, mulets,
Congres, merluches, esgrefins,
Rougets, turbots et carrelets.
Ensuite nous attaquerons :
Le blanc manger, la galantine,
Le haricot, la salamine,
Et les pâtés de venaison.

Sus, compagnons, versez le vin,
Et gardez que boisson ne faille,
Nous emplirons notre tripaille
Jusqu'à plus soif, jusqu'à plus faim.

Quand viendra la tierce platée
Nous trouverons mieux à mâcher:
Épaules, gigots de chevreaux,
Bécasses, butors, gélinettes,
Lièvres, lapins et lapereaux,
Hérons, pluviers et alouettes.
Puis, après toutes ces chosettes,
Avelines, cerneaux, noisettes,
Citrons, carottes et radices
Pour mieux abattre les épices.

Sus, compagnons, versez le vin,
Et gardez que boisson ne faille,
Nous emplirons notre tripaille
Jusqu'à plus soif, jusqu'à plus faim.

IV

Le vin et la gulosité
Font faire des maux à foison.
Qui se plaît à potacion
Un jour est en enfer plongé.
Le vin fait perdre agilité,
Le vin engendre volupté ;
Est-il chose plus deshonnête
Que d'un homme devenu bête ?
Ainsi parlent les vieux dictons.
Mais à cela, moi, je réponds :

   Bouteille ou flacon
   De vin de Mâcon
   Je le trouve sain,
   Celui de Dijon
   Est aussi fort bon,
   Et de St-Pourçain

Pour vivre une longue saison
Et acquérir son sauvement,
Soit aux champs, soit à la maison,
Il n'est que vivre sobrement.
Hydropisie, paralysie,
Apoplexie, épilepsie,
Colique, qui les boyaux touche,
Tout vient de mal garder la bouche.
Ainsi parlent les vieux dictons.
Mais à cela, moi, je réponds :

    Le bon vin s'entasse
    Toujours tasse à tasse
    Par ici, dedans,
    Et jamais trincasse,
    Amis, ne nous casse
    Ni langue, ni dents.

V

Toutes les saisons apportent à l'homme
De quoi rembourrer son précieux bedon ;
La truffe, en hiver, répand son arôme ;
La fraise, au printemps, naît dans les vallons ;
En été, la faux sifflante moissonne
Les épis dorés qu'alourdit le grain ;
Et quand reparaît le jovial automne
Le jus du raisin barbouille nos trognes :

    A la St-Martin
    Boit-on le bon vin,
    A la St-Martin.

L'homme est à tout âge sensible et tendre
Et possède un cœur prêt à s'enflammer ;
D'abord il paraît de toutes s'éprendre,
On donne à vingt ans sans daigner compter ;
Mais, le plus souvent, c'est bien après trente
Qu'il ne trompe plus, femmes, votre attente.
Donc, allez plutôt à ceux qui grisonnent
O vous qui cherchez, avant tout, un homme.

   A la St-Martin
   Boit-on le bon vin,
   A la St-Martin.

VI

Ce jour, au joli matinet,
Dès que j'eus mis dehors le nez,
J'ouïs, au lieu de l'estomac,
Sonner branle-bas de combat.
Comme j'avais encor une heure
Avant venir à la demeure,
Je reluquai à l'étalage
D'une mitrone belle et sage
De quoi remplir légèrement
Le creux énorme de mes dents.
Bon fait, attendant le dîner,
D'un petit pâté déjeuner,
Pourvu qu'il soit chaud et friand.

Ce soir, ayant bien sustenté
La matière qui défaillait,
Le cœur folâtre, je songeai
A rendre l'esprit satisfait.
Vivement je vais d'une traite
Jusqu'à la paisible retraite
Où gîte mon amie très-chère.
Je ne vois que sa chambrière
A qui, pour occuper le temps,
J'offre un gros de civilités.
Bon fait, attendant le baiser,
Jeune corsage caresser,
Pourvu qu'il soit rond et friand.

VII

Ah ! combien sont heureux
Pauvres qui dans leur bourse
Possèdent cette source
De joie : un ou bien deux
Clairs ducats aguichants,
Sonnants et trébuchants.
Là où l'on biberonne
Et force vins entonne
Ils pénètrent sans crainte
Et sont considérés :
Si tu payes la pinte
Tu boiras le premier.

Combien plus malchanceux
Les riches vaniteux.
Qui, possèdant de quoi
Boire jusqu'au trépas,
Dépensent leurs ducats
Bêtement! Pauvres oies,
Dites, que vous sert-il
Embellir volatiles
De l'autre sexe? O simples!
Esprits trois fois bornés!
Ceux qui parent la dinde
La croquent les derniers.

VIII

Frère, garde-toi des tavernes
Arborant nombre de lanternes
Au dehors, et, sur les cloisons,
Au dedans, peinture à foison.
En de beaux verres à facettes
L'on y sert l'acide piquette,
Ou bien ces breuvages de quoi
Meurent les plus fiers estomacs.

Ne hante que les cabarets
Où tu es certain de trouver
Ce qu'il faut pour faire ta joie :
Des murs blancs, des tables de bois,
Puis, dans un broc de forme ancienne,
Le nectar cher à Rabelais,
Jus de raisin, pur et clairet ;
A bon vin ne faut point d'enseigne.

Frère, garde-toi plus encor
Des belles dont le justaucorps
De soie cassante et bruissante
Couvre des grâces finissantes.
Les appas que l'on te destine
Ne sont pas chair, mais gélatine
Brinqueballant au moindre heurt
Malgré le corset souteneur.

Sous de simples robes de drap,
Le plus souvent, tu trouveras
Ce qu'il faut pour faire ta joie :
Seins rondelets et pointant droit
Fleur de chair vigoureuse et saine,
Ventre poli, cuisses dodues,
Bouche de petite vertu ;
A bon vin ne faut point d'enseigne.

LES INDULGENTES

IX

Comme je quittais ma gothon
Pour aller tirer la bécasse,
Un voisin m'a crié : « Mon bon,
« Rappelle-toi le vieux dicton,
« *Qui part en chasse perd sa place.* »
J'ai sifflé tontaine tonton,
Car j'avais vu des vols d'oisons,
Ce matin , traverser l'espace
Et disparaître à l'horizon.

En revenant vers ma maison
Après une excellente chasse,
J'ai fait fuir, triste et le dos rond,
Le voisin plein d'attention
Qui, sans doute, avait pris ma place.
J'ai crié : « Tontaine tonton,
« Si tu as trouvé ma gothon
« J'ai trouvé, moi, cette bécasse ;
« Ceci vaut bien cela, mon bon. »

MORALE

Cocus, mes frères, méprisons
Les encornouillés qui grimacent
Et poussent des cris de pa-on
Quand on caresse leur gothon.
L'amour est un oiseau qui passe,
Bien peu d'instants nous l'arrêtons ;
S'il nous délaisse, au moins sachons
Porter les cornes avec grâce
Dont il orne, en fuyant, nos fronts.

X

Je veux chanter ici la douce conardie
De ces piteux vieillards stupidement lubriques,
Qui, sans repos, et jusqu'aux dernières coliques,
Se prennent aux appâts des coquettes Lydies.

C'est éternellement la même comédie ;
Portant bijoux, ainsi qu'un âne des reliques,
Ils pensent acquérir l'amoureuse réplique
Qui se donne toujours et ne se paye mie.

Ce qu'en échange de leurs sous d'or et d'argent
Touchent les pauvres vieux, c'est monnaie de guenon.
Dans la farce d'amour, visible de tout temps,

Pour notre joie ils jouent le rôle du dindon
Faute d'avoir pesé ce vers plein de raison :
Qui donne le plaisir le plus souvent l'attend.

XI

Vieilles amours et vieux tisons
S'allument en toutes saisons.

Lorsque paraît l'hiver neigeux
Au blanc manteau, lourd de silence,
Prenez, pour allumer le feu
Au fond de l'âtre, dans vos chambres,
Plutôt que du bois vert, un vieux
Sarment oublié sous la cendre;
Et, peu après, vous pourrez tendre
A la flamme vos doigts frileux.

Mais il est bon que l'on profite
Hâtivement de sa chaleur,
Parce que, flambant de tout cœur,
S'il brûle bien, il brûle vite.

Jeunes garces, dont le printemps
Annonce un été orageux,
Fuyez d'abord les jeunes gens
Et faites risettes aux vieux.
Leur ardeur imprudente et folle,
Mieux que vos ris et vos paroles,
Saura propager le désir
De votre chair prompte à roussir.

Mais il est bon que l'on profite
Hâtivement de leur chaleur,
Parce que, flambant de tout cœur,
S'ils brûlent bien, ils brûlent vite.

Vieilles amours et vieux tisons
S'allument en toutes saisons.

XII

Pour avoir trop bu de tous les flacons,
Pour avoir tâté de toutes gothons,
Combien, au mitan des belles années,
Perdent le goût du boire et du baiser ?
Que leur sert alors fortune conquise,
Chaude maisonnée, table toujours mise,
Dans leurs caves une armée de tonneaux,
Dans leur lit museau frais et friponneau ?
Trop de choses en eux sont en déroute :

    Tel a du vin qui ne boit goutte.

Mais d'autres, du moins, le boiront pour lui
Qui surent garder de bons estomacs,
Et sont toujours prêts, de jour ou de nuit,
A besogner dur entre deux fins draps.
Au feu du foyer les écornifleurs
Viennent se chauffer sans honte et sans peur ;
Car, dès qu'un mari enfile la route
Qui mène au pays nommé Cocuage,
Il donne raison à l'antique adage :

Tel a des yeux qui ne voit goutte.

XIII

Maître Thomas, vigoureux de son corps,
Exempt de tous les préjugés de l'âme,
Au temps jadis croquait fillette ou femme
Sans se lasser, tant à travers qu'à tort.

Pourtant, malgré d'énergiques efforts,
Sa main n'avait pu mettre dessus table,
Pour son repas, l'un de ces délectables
Pains mollets à la croûte toute d'or.

Un jour vient où la fortune rieuse
Pétrit pour lui la miche savoureuse,
Fraîche encor, et surtout dorée à point.

Hélas de lui! Trop marâtre nature
Termine mal son heureuse aventure :
Il a du pain quand il n'a plus de dents.

XIV

*Les vieilles gens qui font gambades
A la mort sonnent des aubades.*

Avec leurs gestes apprêtés,
Leurs traits meurtris, leurs pattes d'oie,
Leur crâne chauve qui flamboie
Non loin des prunelles glacées,
Combien apparaissent minables
A nos yeux épris de beauté
Ces tristes monstruosités :
Les vieilles gens qui font gambades.

Les os cliquetants et noueux
De leurs bras et de leurs guiboles,
Le timbre rauque et caverneux
De leur voix hésitante et molle,
Et le pâle rire visqueux
Qui, très-incongrûment, foirade
Entre leurs lèvres, tout en eux
A la mort sonne des aubades.

Mais, par une heureuse fortune,
Dans l'instant même qu'ils s'allument
Ils s'éteignent le plus souvent ;
Et de vie à trépas ils passent,
Toussant, mouchant, bavant, mimant
Les plus ridicules grimaces.

A la mort sonnent des aubades
Les vieilles gens qui font gambades.

XV

Quand on fut toujours vertueux
On aime à voir lever l'aurore.
Moi, qui suis tel, je fais bien mieux :
Je guette le jour; dès qu'il dore

Le ciel clair de mon lit moelleux,
Je fuis la blonde que j'adore.
Quand on fut toujours vertueux
On aime à voir lever l'aurore.

Et le mari calamiteux,
Que j'encorne tant que je peux,
Ne nous a pas surpris encore.
Pour les amants existe un dieu
Quand on fut toujours vertueux.

XVI

Homme, dont l'amoureuse ardeur
  Aime à se dépenser,
Si tu veux vivre sans douleur
  Il te faut éviter
Les deux écueils que je dirai.

  Premier est celui-là
  Qu'en tes jeunes années
  Tu verras se dresser
  Au devant de tes pas :
  C'est le sourire aimable
  Des femmes lamentables
  Que des maris peu riches
  Nourrissent de pois chiches.
  Ah ! ne t'y laisse prendre,

Car mieux vaut s'aller pendre
Que de donner entorse
A nuptial contrat!
Entre l'arbre et l'écorce
Ne mets jamais le doigt.

Lorsque tu vieilliras
Sans faute donneras
Sur le récif deuxième :
Mariage on l'appelle.
Dieu fasse que tu puisses
T'en détourner, mon fils!
Tel qui, très vaillamment,
Supporta mainte épreuve
Avec femelle ou veuve,
N'a plus ses mouvements
Aussi libres devant
Fillette toute neuve.
Ne mets jamais ton doigt
En anneau trop étroit.

XVII

Amour est le meilleur des maîtres,
Et, lorsqu'il lui plaît enseigner,
Il n'est si rétifs qui ne mettent
Gaiement leur col en son collier.
J'ai vu bien des trognes sinistres
Qui le suivaient en rangs pressés,
J'ai vu des Rois et des Ministres :
'Amour apprend aux ânes à danser.

Le meilleur maître, c'est l'Amour.
Mais, près de lui, les mieux en cour
Ne sont pas ces hommes sinistres
Qu'on nomme Rois ou bien Ministres.
Amour n'aime pas les farceurs,
Il préfère gens véridiques,
Et, lorsqu'il veut gagner un cœur,
Amour jamais ne parle politique.

XVIII

Tout vient à point qui sait attendre.
Foin de ceux qui, désespérant
De conquêter pucelle tendre,
S'en vont par les chemins, levant
Leurs bras vers le ciel rayonnant.

Tandis qu'ils geignent à nous fendre
L'âme, un rival, pour eux peinant,
Leur prépare un plat succulent :
    Tout vient à point.

La femelle, en cela, ressemble
Au beurre fin que le gourmand
Étale dessus son pain blanc;
Plus il fut battu, plus il semble
Bon. Or ça, trimez jeunes gens,
        Tout soit à point!

XIX

Il est plaisant, souventes fois,
De faire jouer ses prunelles
Pour enjôler gente pucelle
Et, s'il se peut, gagner sa foi.
Mais as-tu bien songé, mon fils,
Que tu cherras au précipice
De mariage, un beau matin?
Dans tout ce que tu fais considère la fin.

Pour t'aventurer jusque là,
Es-tu sûr de ton estomac?
Tel, avant de se mettre à table,
Se sent une faim formidable,
Qui, dès qu'on lui passe les plats,
Pris soudain d'une male fièvre,
N'y trempe que le bout des lèvres ;
Dans tout ce que tu fais, considère ta faim.

Peut-être bien que l'épousée
Ne trouvera pas de son goût
Ton trop délicat procédé.
Ce que jeune hôtesse, avant tout,
Aime auprès d'elle, c'est un goinfre.
Du tour tu seras le coucou,
Car, près d'une femme fringante,
Il ne faut pas avoir plus grands yeux que grand ventre.

XX

Quelle figure étrange, lamentable,
Et ridicule, est celle du lanceur
D'œillades, qui, pensant toucher le cœur
De son amie, est, par un coup pendable,
Soudainement désarmé devant elle !
Pour affronter l'ennemi ou les belles,
Comme les vrais guerriers, ceux de Plutarque,
Il faut avoir deux cordes à son arc.

Il faut, de plus, être fugace et fort,
Pouvoir lutter, longuement, corps à corps,
Pouvoir jeter à bas, d'un tour de rein,
N'importe quel vigoureux adversaire.
Lors, à nul jeu ne serez pris sans vert,
Et jamais plus ne manquerez de rien;
Quelle que soit sa place en la carrière,
Au bon joueur la pelote lui vient.

XXI

Bien des bachelettes nices
Ont de pénibles nuitées
Aux côtés
D'un galant par trop pressé;
Pourtant leurs cris s'adoucissent
Puis se muent en doux sanglots,
Elles voient des angelots
Qui droit au ciel les ravissent...
 *Douce est la peine
 Qui nous amène
 Après tourment
 Contentement.*

Devenues des épousées
Elles craignent moins les coups,
    Mais l'époux
N'a plus sa vigueur passée.
Alors ce sont des reproches
Et des grincements de dents,
Et bientôt femme s'accroche
Au bras d'un jeune galant.
    Douce est la peine
    Qui nous amène
    Après tourment
    Contentement.

XXII

Patience et longueur de temps
Font plus que force ni que rage.
Ah! combien en amour, souvent,
Se justifie le vieil adage.

Les amants pressés ou volages
Se privent de plaisirs charmants :
Patience et longueur de temps
Font plus que force ni que rage.

Adam était un ignorant,
Ève une bête! Leurs enfants
Croquent mieux qu'eux la pomme. Ils savent
Votre prix, en certains·moments,
Patience et longueur de temps!

XXIII

Pourquoi voit-on rôder autour des vieilles jupes
Les visages des jouvenceaux,
Encor puceaux,
Que l'amoureux mystère préoccupe?
C'est que le petit dieu malin,
Qui règne sur le genre humain,
A dit aux pauvres gobes-mouches :
Mes enfants,
Souvenez-vous en,
Dans les vieux pots se font les bonnes soupes.

Pourquoi voit-on souvent les plus belles rebelles
S'abandonner éperduement
A des amants
D'une bêtise à nulle autre pareille?
C'est que le petit dieu malin,
Qui règne sur le genre humain,
A dit aux belles aux doux yeux :
Mes enfants,
Souvenez-vous en,
Ce sont les plus sots qui le font le mieux.

XXIV

Aimons dans notre printemps,
La jeunesse n`a qu`un temps.

Hélas! pour les jouvencelles
Aux yeux clairs, aux lèvres belles,
Aux corsages opulents,
  L'amour des vieillards
  Bavants et bavards
Est le pire des tourments ;
Aimons dans notre printemps.

Et baisons les lèvres belles,
Les yeux clairs des jouvencelles,
Leurs corsages opulents,
Avant que l'hiver,
Tueur de chimères,
Courbe nos fronts blêmissants ;
La jeunesse n'a qu'un temps.

LES INNOCENTES

XXV

Pourquoi toujours me refuser
Tes lèvres, vierges de baisers,
    Mignonne rebelle?
Les beaux jours sont vite en allés ;
Pour nous porter loin du Passé
    Le temps a des ailes.

Les thyrses mauves des lilas
Toute l'année n'exhalent pas
    Leur odeur subtile;
L'orgueil des lys est vite à bas;
Et l'automne, demain, rendra
    Le rosier stérile.

Il en sera de ta beauté
Comme de celle des rosiers,
　　Des lilas, des lys;
Bientôt nous verrons se faner
Ces grâces dont tu fus ornée
　　Pour notre délice.

Cesse donc de me refuser
Tes lèvres, vierges de baisers,
　　Mignonne rebelle;
Les beaux jours sont vite en allés;
Pour nous porter loin du Passé
　　Le temps a des ailes.

XXVI

Alors que vous aviez
Ferme et blanche poitrine,
Œil brillant, teint de lait,
Et lèvres purpurines,
Je me disais tout bas :
Patience, mon gars,
Un jour ton tour viendra
De toucher tout cela,
Avec les intérêts;
Mieux vaut tard que jamais.

Voici luire sur moi
L'étoile du berger.
Que les temps sont changés,
Et changés vos appas!
Où, la ferme poitrine,
Les lèvres purpurines?
Disparu tout cela.
Et je change, ma foi,
L'accord de ma guitare :
Mieux vaut jamais que tard.

XXVII

Étant descendu à l'aube
     Dans mon jardin,
J'ai vu s'entr'ouvrir la robe
D'un lys blanc au frais arôme.
     Et son parfum
Montait en fine poussière,
Tout autour de moi, dans l'air
     Vif du matin.

Il eut fallu à mon poing
T'emporter, lys diaphane ;
Les plus belles fleurs se fanent
Qu'on ne cueille pas à temps.

Mieux que des lys parfumés
Vous embaumez
Le matin de notre vie,
Dames, de grâces fleuries ;
Mais profitez
Du pouvoir que la jeunesse
Vous donne sur nous ; le reste
Est vanité.

Aimez-nous bien dans l'instant
Que vous êtes jeunes femmes ;
Les belles filles se fanent
Qu'on ne cueille pas à temps.

XXVIII

Nous avons, tout le long du jour,
Devisé gentiment d'amour,
Et par des mots câlins et tendres
J'essayai de vous faire entendre
Ce que vous comprenez fort bien.
A présent je ne dis plus rien;
Qui veut la fin veut les moyens.

Vous ne pouvez trouver étrange
Que nos deux bouches, rapprochées,
Par ce beau soir d'avril échangent
Une infinité de baisers,
Et que tout ceci se termine
D'une façon très, très-intime;
Il n'est voisin qui ne voisine.

Ah! de bonne grâce cédez,
Ou, demain, vous regretterez
D'avoir fui l'amoureux qui tremble
Quand sonne l'heure du berger.
Le dieu, dont nous avons parlé,
En souriant vers vous s'avance;
Qui du loup parle en voit le nez.

XXIX

Petit à petit
L'oiseau fait son nid.
L'amour vient aussi
Petit à petit :
Baiser par là, puis
Baiser par ici,
Petit à petit
L'oiseau fait son nid.

L'amour vient aussi
Petit à petit.
Timide et transi
L'amour vient aussi :
Il s'échauffe, puis
Vite s'enhardit,
L'amour vient aussi
Petit à petit.

Timide et transi
L'amour vient aussi,
Le cœur est son nid
Timide et transi :
Un rien l'allume... uitt...
Un rien le roussit...

. . . . . .

. . . . . .

Petit à petit
L'oiseau fait son nid.
L'amour vient aussi
Petit à petit :
Baiser par là, puis
Baiser par ici.
Petit à petit
L'oiseau fait son nid.

XXX

Non, ma commère, non, ne me parlez jamais
De ces beaux damoiseaux, malingres, maigrelets,
Qui sortent de nourrice et puent encor le lait
   Dont on les abreuva.

Tous ces gaillards, porteurs de jambes en fuseaux,
Si mal charpentés, n'ont que la peau sur les os,
Et ne possèdent rien de cela qu'il nous faut,
   Commère, croyez-moi.

C'est viande creuse, et non substantifique moelle
Propre à ragaillardir les très-honnêtes dames;
Dès les premiers baisers, ça pâme, ça rend l'âme,
   Et ça demeure coi.

Par la très-sainte et très-benoîte Couronnée,
S'ils me prirent jadis, en mes primes années,
Ores je dis : bernique! *Il ne faut point traîner*
   Fétu devant vieux chat.

XXXI

Une fille sans ami
Est un printemps sans rose.

Que serait le plus beau jardinet,
Lorsque revient la saison nouvelle,
Que serait le plus beau jardinet
    Où point ne fleurirait
    La rose belle?

Que serait la plus verte forêt,
Lorsque revient la saison nouvelle,
Que serait la plus verte forêt
    Où point ne sifflerait
    La voix des merles?

Lorsque revient la saison nouvelle
Il faut des roses au jardinet,
Il faut des merles dans la forêt.
Il faut toujours dans le cœur des belles,
En même temps qu'un parfum d'amour,
Il faut toujours dans le cœur des belles
Un chant d'amour.

Une fille sans ami
Est un printemps sans rose.

XXXII

Pourquoi le vent d'hiver gémit-il tristement
Alors que dans mon cœur chante le clair printemps?
Pourquoi le ciel a-t-il vêtu sa mante grise
Alors que les yeux pers de mon amie s'irisent
De mille reflets éclatants?
Mais *pourquoi*, même à l'heure de l'amour,
Cuisses de damoiselles
Sont elles
Fraîches toujours?

Pourquoi, bien que soient clos les volets et les portes,
Vient-elle jusqu'à nous l'odeur des feuilles mortes?
Pourquoi la respirai-je, enlacée à l'ardente
Senteur que ton beau corps exhale dans la chambre
   Après mes caresses savantes?
  Mais pourquoi, même à l'heure de l'amour,
    Cuisses de damoiselles
     Sont elles
    Fraîches toujours?

Pourquoi, lorsque ma mie au loin s'en est allée,
L'ironique printemps fleurit-il les allées?
Pourquoi, malgré mes pleurs et mon deuil, la nature
Réveille-t-elle au fond des bois les gais murmures
   Des ruisseaux et des oiselets?
  Mais pourquoi, même à l'heure de l'amour,
    Cuisses de damoiselles
     Sont elles
    Fraîches toujours?

XXXIII

Le ciel étincelant,
La terre toute noire,
Somnolaient doucement
Lorsque je vins m'asseoir
Près de m'amour dormant ;
Qui ne dit mot consent.

L'enivrement du soir
Rendait mon cœur brûlant.
Je pris votre main dans
Ma main, un vague espoir
Tout bas me murmurant :
Qui ne dit mot consent.

Je pris, un peu plus tard,
Vos longs cheveux flottants,
Vos yeux profonds et noirs,
Et vos petits seins blancs;
A son amant, le soir,
Qui ne dit mot consent.

Belle, pardon d'avoir
Poussé ma pointe avant :
Qui ne dit mot consent.

XXXIV

Lorsque vient la nuit
Comme on fait son lit
   On couche.

Au fond des taillis,
Sur un frais tapis
   De mousse,
L'été j'ai dormi,
Rêvant à ma mie
   Farouche.

Les étoiles d'or.
Criblaient le décor
    Bleuâtre,
De leurs fins rayons
Traçant des sillons
    D'albâtre.

J'aime mieux, l'hiver,
Près de toi, ma chère
    Amante,
Dormir chair à chair
Aux cris du feu clair
    Qui flambe.

XXXV

Les tétonnantes damoiselles
Donnent aux esprits avisés
Matières à ratiociner
A l'heure où brûle la chandelle.
Par elles nos mains fraternelles
Jamais ne sont inoccupées;
Et, quand se ferment nos prunelles,
Que l'instant vient d'aller rêver,
Il n'est pas besoin d'oreiller
Lorsqu'on est couché avec elles.

Que, si des rêves agités,
En bousculant notre sommeil,
Nous font quitter le nid vermeil
Où nous dormions à poings fermés,
Si nous nous trouvons, au réveil,
La tête du côté des pieds,
Elles offrent à nos oreilles
Encore de quoi reposer :
Il n'est pas besoin d'oreiller
Lorsqu'on est couché avec elles.

XXXVI

Petites noises, noisettes
Entre deux cœurs bien épris
Sont aiguillons d'amourettes.

Comme en un pré paquerettes,
Il faut au jardin des ris
Petites noises, noisettes.

Les reproches qu'on se jette
Et les amoureux dépits
Sont aiguillons d'amourettes.

Au fond des simples chambrettes,
Au sein des royaux pourpris,
Petites noises, noisettes,

Amenant après tempête
Larmes en tiède pluie,
Sont aiguillons d'amourettes.

Deux amants qui s'époussètent,
Des baisers sentent le prix;
Petites noises, noisettes
Sont aiguillons d'amourettes.

XXXVII

L'aubépine vient
Sur les hauts chemins.

Hélas! moi qui me traîne au fond de la vallée
Parmi la fange, au sein des opaques buées,
Jusqu'à cette blancheur lucide et parfumée
    Ne pourrai-je un jour m'élever?
    Je franchirais ravins, ravines,
    Pour aller cueillir l'aubépine.

O vierge, dont les traits effacés, imprécis,
Apparaissent divins à mes yeux éblouis,
Jusqu'à votre blancheur lointaine, et pourtant si
Certaine, quel chemin conduit?
Je franchirais ravins, ravines,
Pour aller cueillir l'aubépine.

XXXVIII

Quand le tâcheron a bien
Remué la terre grasse
Pour n'y laisser nulle trace
D'ivraie ou de mauvais grain,
Quand l'hiver fuit, que revient
Le printemps vif et clairet
A l'haleine caressante,
Sur la glèbe labourée
Arrive qui plante.

Lorsque père et mère ont bien
Élevé leur jeune garce,
Qu'ils l'ont rendue grande et grasse
A force de menus soins,
Lorsque l'heure de l'hymen
Sonne au cadran de l'infante,
Dans son étroit jardinet
Où, seul, l'oranger poussait,
    Arrive qui plante.

C'est au mari maintenant
D'être le bon jardinier
Attentif, attentionné,
Sans trop d'excès cependant.
Pour son bien, qu'il se répète
Nuit et jour, et mordicus,
Ce vieux et moral précepte :
Semez graine de coquette
Il en viendra des cocus.

XXXIX

Proverbe dit : *au bout du fossé la culbute.*
Mais il se garde bien d'ajouter quel fossé
Est celui-là devant lequel tout homme bute
Pour y choir, le museau dolemment fricassé.

Or, parceque j'y fis de très-nombreuses chutes,
Le véritable nom du piège je le sais ;
Et, pour les jours où ma bouche deviendra mute,
Ici veux-je l'écrire en langage françois.

Quel cuistre, quel pédant, sans esprit et sans lettres,
Jadis le baptisa du genre masculin?
Celui-là raisonnait en fâcheux grammairien,

Son erreur m'apparaît majeure; il fallait mettre
Le mot fossé dedans le genre féminin :
La culbute, toujours, est au bout des fossettes.

LES CARESSANTES

XL

Combien d'illustres et de sots,
Poètes ou poétereaux,
Ont gâché d'admirables mots
A chanter femelles notoires.
Moi, je pense comme Grégoire :
Femme est racine de tous maux.

Jamais n'aurai assez d'haleine
Pour vous narrer toutes les peines
Qui nous tombent dessus le dos
Par le fait des femmes perfides.
C'est elles qui creusent nos rides ;
Femme est racine de tous maux.

Femme est paillarde, ou bien pendarde,
Par elle toujours la moutarde
Nous monte au nez hors de propos.
Il n'est femme qui ne tempête
Ou à quelqu'un son flanc *ne prête;*
Femme est racine de tous maux.

Prince, vous ne seriez qu'un daim
Si vous méprisiez mon refrain :
Femme est racine de tous maux.

XLI

Tes yeux ont la couleur céleste
Des ciels de printemps ou d'automne,
La fraîcheur de ta voix atteste
     La grâce et la jeunesse
     De toute ta personne,
Et tes douces mains odorantes
Durant de nombreuses années
Aux miennes seront enchaînées,
          Très-chère amante.

Tes yeux gris aux lueurs cruelles
Ont de félines étincelles,
A mon oreille ta voix grince
    Ainsi qu'une crécelle
    De la boutique à quinze,
Avec tes griffes de harpie
Tu as déchiqueté mon âme;
Mettre ton époux en charpie
    T'amuse, ô femme!

*Celui qui se marie par amourettes, pour
Une bonne nuit, a beaucoup de mauvais jours.*

XLII

Mon doux ami, mon cher mari,
Sans que longtemps on vous en prie,
Faites ceci, faites cela,
Surtout ne soyez jamais las
De me dorloter, de me plaire
Toujours, de toutes les manières;
Prenez pour guide mon caprice
Et suivez-le, de ci, de là,
N'importe où il nous conduira;
Le hasard seul est son complice.

Il faut, ma mie, qu'on refléchisse
Avant de marcher sur vos pas,
Le hasard est mauvais complice
Et je redoute ses ébats.
Plutôt qu'à lui, je m'en réfère
A la sagesse de nos pères ;
Ne souffre à ta femme pour rien
De mettre son pied sur le tien,
Le lendemain la male *bête*
Le voudrait mettre sur ta tête.

XLIII

Si ta maîtresse, quelque soir,
Abandonnant ses airs moqueurs,
Se laisse prendre à la langueur
De tes yeux pleins de désespoir,
Mets à profit ce court moment,
Baise-la vite, c'est prudent,
     Dans l'instant
Qu'elle ne fait plus sa sophie ;
En l'avenir sot qni se fie.

Mais si ta femme, d'autre part,
Affectant un air goguenard,
Vient chanter pouille à ton oreille,
Écoute, ami, un bon conseil :
Pour abaisser son ton qui raille
Il est décent, un peu canaille,
    Que tu lui bailles
Aussitôt un revers de main ;
Ne remets rien au lendemain !

XLIV

Qui âne guide ou femme mène
Dieu ne l'a pas gardé de peine.

Bien des rois et des empereurs
Maudissent parfois la couronne
Et les divers soucis du trône
Où gîte leur postérieur,
Et cependant des joies existent
Pour eux; l'on dit « Amen »
A leurs moindres désirs... tandis
Toujours il se trouve à la peine
Qui âne guide ou femme mène.

Quelque facile et quelqu'amène
Que soit sa native humeur, las !
Le compagnon de ces deux teignes
Ne connaît repos ni soulas ;
Dieu ne l'a pas gardé de peine.

Mais toutefois un distinguo,
Pour être précis, doit-on faire
Entre les proches caractères
De la femme et du bourriquot.
Il tient tout entier dans ces mots :
Qui âne guide a moins de peine
Que celui-là qui femme mène.

XLV

A battre la mauvaise gerbe
Se perd la peine du manant.
On ne saurait en dire autant
De la folle et despiteuse herbe
Que l'on dénomme : femme. Amants,

Un soufflet, donné congrûment,
Vient à bout de la plus superbe,
Et peut son parler insolent
　　　Abattre.

Je n'exagère aucunement,
Et les bons auteurs sur ce point
Sont d'accord. Une verge verte
A tout homme soit donc offerte,
Les meilleures femmes étant
         A battre.

XLVI

Qu'elles sont insupportables
Les matrones respectables
De qui les piaulements
Nous troublent à tout moment.
A propos de balivernes
Elles s'exclament et geignent :
C'est le prix de la chandelle,
Du sucre et de la canelle,
C'est le renchérissement
De l'huile ou bien du froment ;
Chacune toujours se plaint
Que son grenier n'est pas plein.

Mais combien plus délectables
Les confidences aimables
Des nouvelles épousées
Fraîchement désabusées :
« Un mari, c'est donc cela?
« Pour un régal aussi terne
« Fallait-il tant de lanternes?
« A quoi bon changer d'état?
« Je ne pensais pas, ma chère,
« Tomber sur si maigre chair! »
Chacune toujours se plaint
Que son grenier n'est pas plein.

◆

XLVII

Il faut compter des ans parfois
Pour acquérir fortune ronde.
Sou par sou, amasser de quoi
Vivre libre en un coin du monde
Est une tâche à s'essouffler
Durant des mois et puis des mois;
Mais *un cocu est bientôt fait.*

Il faut vaincre en bien des combats
Pour être l'homme qu'on acclame ;
Une cité se jette à bas
Beaucoup moins vite qu'une femme ;
L'incroyable siège de Troie
Dix longues années a duré ;
Mais un cocu est bientôt fait.

Prince, vous qui prîtes Bruxelles,
Prenez, s'il vous plaît, des pucelles,
Mais ne les épousez jamais,
Car un cocu est bientôt fait.

XLVIII

Parmi tant de bonnes raisons
Que nous avons
De ne point nouer mariage,
Malgré l'usage,
Il en est une qui parait
Aux moins benêts
Plus que tout autre raisonnable;
C'est qu'on ne peut
Conserver de façon durable
Les amis vieux
Du jour où dans la confrérie
L'on fut admis :
Femme est l'ennemi de l'ami.

Ou si, par extraordinaire,
    Femme peut faire
Avec quelqu'ami bon ménage,
    Elle ménage
A son époux trop confiant
    Un ornement
Dont il se passerait fort bien;
    Il est certain
D'échanger sa figure ancienne,
    Figure humaine,
Contre une face d'unicorne
    Ou de dix-cors :
La femme a semence de cornes.

XLIX

Deux beaux jours aux hommes sur terre
Par le Seigneur Dieu sont donnés :
Quand on prend femme, et qu'on l'enterre.

Sur ce chapître là, nos pères
Ont-ils bien dit la vérité?
Deux beaux jours aux hommes sur terre?

C'est beaucoup. Certains considèrent
Autrement ces extrémités :
Quand on prend femme, et qu'on l'enterre.

Non! Seule, toujours la dernière
Est excellente! Il faut compter
Un beau jour aux hommes sur terre;

C'est celui-là du cimetière
Et des adieux précipités.
Un beau jour aux hommes sur terre :
Quand, ayant pris femme, on l'enterre!

L

Depuis le poète Orpheus
Que, rageuses,
Déchirèrent les Bacchantes,
Combien de rimeurs connurent
Les morsures,
Femmes, de vos dents savantes!

Supportez, sans trop d'émoi,
Qu'une fois
L'un de ces chétifs vous peigne,
Et, pour vous en revancher,
Déclarez :
Teigneux n'aime pas les teignes,

Moi, dont l'âme est débonnaire,
    Oui, mes chères,
Je ne veux que votre bien ;
C'est pourquoi votre épiderme
    Je bats ferme :
Qui aime bien chatie bien.

POSTFACE

Adieu, chers papiers ; romances sont faites.
Petits vers, qui mîtes mon cœur en fête,
L'on vous va bientôt imprimer tout vifs,
Et d'ici j'entends les haros poussifs
Que vous ferez fondre dessus ma tête.
       Tous les freluquets
      A voix de roquet,
A figure trop peu rébarbative,
A l'allure encor torcheculative,
En tressailleront jusqu'au fondement.
Ces jolis messieurs, hargneux et pédants,
Puritains à la mode d'Angleterre,
Craignent moins les coups de pieds au derrière
Que les bons gros mots chers à nos aïeux.
Qu'ils se voilent donc chastement les yeux

Et pour leurs plaisirs s'adressent ailleurs.
D'abord, je ne suis nullement tailleur
   De chausses pour eux.
Ayant établi ce point important
J'ajoute : « Apprenez ceci, jeunes gens,
« Crapaudaille, mardaille, et fausses couches:
« Quelle que soit la verdeur de l'accent,
« *Jamais beau parler n'écorcha la bouche.* »

TABLE

TABLE 123

Achevé d'imprimer

chez A. Nouvian, a Paris, 96, Rue du Bac,

le 31 Mars 1903

www.ingramcontent.com/pod-product-compliance
Lightning Source LLC
Chambersburg PA
CBHW060823250626
47162CB00005B/1913